—Küsi, kuidas saad võita ühe tunni aega—

Maria O'Connore'il on palju suuremaid probleeme kui see fakt, et tema kell seiskus kell 3:57. Kui ta viib oma kella lahke parandaja juurde, ootamatult selgub, et ta sai kummalise auhinna – võimaluse taaselada ühe tunni oma elust. Aga saatusel on ranged reeglid mineviku torkimise suhtes, sealhulgas range hoiatus, et ei tohi tekitada aja-paradoksi. Kas Maria saab teha rahu oma kõige kahetsusväärsema veaga siin maailmas?

Mis siis, kui saaksid eluhetke
parandada ja seda uuesti teha?

"Nukker, lühike Põhjamaade mütoloogiast pärit osund. Aeg on kingitus, ja mõnikord viimane võimalus..." —Dale Amidei, autor

"Väga sisutihe ja dramaatiline lugu... Kas me muudaksime oma minevikku, kui meil oleks võimalik seda teha?" —Lugeja arvamus

"Saada unikaalset võimalust, et parandada oma sügavaim viga on ainulaadne võimalus!" —Lugeja arvamus

KELLASSEPP

(Novell)

Autor:

Anna Erishkigal

Eesti väljaanne

SERAPHIM PRESS

Cape Cod, MA

Autoriõigus 2014, 2017
Kõik Õigused Kaitstud

"*Kellassepp: Novell*", Eesti väljaanne, tõlgitud "*The Watchmaker*", autoriõigus 2014, 2017 Anna Erishkigal, kõik õigused kaitstud. Ükski selle raamatu osa ei tohi reprodutseerida mis tahes vormis ega elektrooniliste või mehaaniliste vahenditega, kaasa arvatud teabe säilitamine ja otsingusüsteemid, ilma kirjaliku loata kirjastajalt, välja arvatud retsensent, kes võib ülevaates lühidalt osutada.

Kõik selle raamatu tähemärgid on fiktiivsed. Kõik sarnasused elava või surnud inimesega on puhtalt tahtmatud.

Avaldaja: Seraphim Press, Cape Cod, Massachusetts, USA.

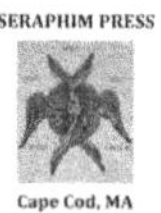

www.seraphim-press.com

Trüki väljaanne
(SP print)
ISBN-13: 978-1-949763-45-4
ISBN-10: 1-949763-45-5

Elektrooniline väljaanne
(ebook)
eISBN-13: 9781943036592
eISBN-10: 1-943036-59-4

Cover Art: autoriõigus 2016 Anna Erishkigal. Koosneb enda tehtud fotodest ja ostetud stock-piltidest aadressilt 123rf.com: "Sad Girl" autoriõigus Andersonrise fotograafia.

Pühendus

Ma pühendan selle raamatu oma onu Hubert'ile, lahkele mehele, kes pühendas oma elu väikeste, kuid tähendusrikaste asjade korras hoidmisele. Me loodame, et *tema* taevatee on sile.

Maria teekond

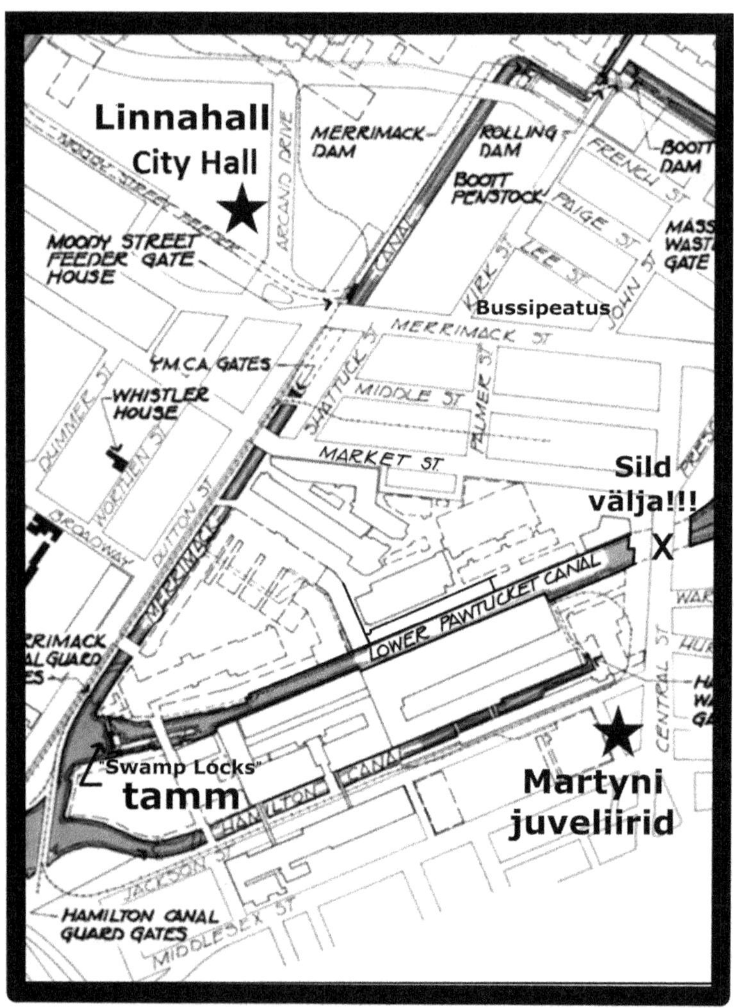

Peatükk 1

Kell peatus ajal 3:57, kolmapäeval, 29. jaanuaril. Tänaval oli tavaline päev, mis oli täidetud muredega sellest, kas suudan jõuda teisel jõge pool asuvasse raamatukokku õigeaegselt, et lõpetada oma kursusetöö. Mul ei olnud kaotuse ega ülevoolava hirmu tunnet, aga need tunded millistega olin kogu oma elu elanud - selline tunne, et äkitselt on mu aeg otsa saanud. Ma vaatasin oma käekella ilmselt 20 või rohkem korda, enne kui mõistsin, et seinakell on liikunud tulevikku, aga mu randmel olev käekell on kinni ajas 3:57.

Ma vahtisin välja aknast, kui buss sõitis mööda tekstiilivabrikutest, mis kõrgusid Boardinghouse Parki kohal kui hiiglaslik punastest tellistest tsitadell. Tumeroheline paviljon seisis hüljatuna lumeloori sees, õrnad jääpurikad sillerdasid katuseäärtel kui ingli pisarad. Josh viis mind sinna kontserdile, tasuta üritusele, kui tänaval oli veel piisavalt soe ilm, et väljas istuda. Ma hoidsin rusikat rinnal ja sundisin end vastasaknast välja vaatama, teeseldes huvi selleks, et kortsus Vietnami päritolu mees, kes istus teispool vahekäiku, ei arvaks, et ma vaatan teda.

Buss keeras ümber nurga, möödudes reast kolmekorruselistest võõrastemajadest, need hooned nägisid välja kohatud selles linnas, sest et nüüd koosneb linn põhiliselt poodidest ja kontoriruumidest. Tööstusrevolutsiooni ajal hülgas terve põlvkond naisi oma talud selleks, et töötada tekstiilivabrikutes, samamoodi kui tänapäeval hülgavad noored oma väikelinnu, et õppida ülikoolis, mis asub jõe mõlemal kaldal. Tol ajal, nagu ka praegu, seal olid tööd, mida teha nendes massiivsetes telliskivihoonetes, mis ääristavad kanaleid. Kuid tänapäeval toodavad vabrikud kõrgtehnoloogilist tüüpi lõime ja kude: tehnoloogia-, teaduse- ja inseneritööd.

Ma mängisin oma kellaga, tuletades endale meelde, et mu otsus oli mõistlik. Ma tulin siia linna, et kindlustada parem elu ning põgeneda lõksust, kuhu mu ema kukkus – lõks, mille põhjuseks on liiga noores vanuses abiellumine ja liiga palju lapsi peres. Ma olin viieline õpilane ning olin alles kahekümne kahe aastane. Mul oli veel kogu elu ees. Miks, oh miks õige olek tekitas nii palju valu?

Buss pani mind maha Woolworth'i hoone juures, kuigi seal polnud ühtegi kaubamaja terve nelja aasta jooksul, kogu aega kui ma käisin Massachusetts Lowelli Ülikoolis. Tänavad olid täis ärritatud autojuhtidega, kes kõik tahtsid saada koju, et kokkusaada oma peredega. Buss sõitis ära, jättes mind seisma lumehanges kesklinnas, kus poodide uksed juba hakkanud õhtuks sulgema. Hääbuv päikesevalgus paistis hiiglasuure rohelise kellale, mis seisis antiikrohelise posti otsas, mustad kella osutid näitasid 3:45. Ainult kaksteist minutit jäänud, oh ei! Minevik jääb minevikus. Ma pöörasin selga ja kiirustasin edasi, keerutades oma käekella rihma ja hoides oma mantlit kinni.

Jäme sool krudises mu saabaste all ajal kui kõndisin mööda Kesktänavat, peaaegu selili kukkudes kui kõnnitee ületas Alam-Pawtucket Kanali. Jäätükid libisesid järjepidevalt silla alla, muutes silla peal oleva pooleldi sulanud lume reetlikuks musta jää kihiks. Ma hoidsin kinni ilusasti värvitud reelingust, tänu linnavalitsusele, uue silla ehitamine oli lõpetatud enne talve algust, kuna muidu peaksin kilomeetreid lisaks kõndima. Selles linnas, kus domineerivad ühesuunalised teed, kaks jõge ja kanalite võrgustik, mõõdetakse kaugusi mitte linnulennult, vaid selle järgi, kui kaugele peaks kõndima, et lähim silda ületada.

Jäänud oli viis kvartalit kiratsevaid väike-ettevõtteid kohani, mille minu nutitelefon märkis sihtkohaks. Mind tervitati mitu korda, aga ma hoidsin oma pea maas, kartuses, et silmkontakt võib osutuda kutseks vägivallale. Neljakorruseline mansardkatusega telliskivihoone seisis Kesktänava ja Middlesex tänava nurgal ja nägis välja nagu graatsiline, naiselik kaar. Ma võtsin väikese, valge karbi oma käekotist ja lugesin kullatud tähtedega kujundatud orneeritud kirja: „Martyn'i Juveelipood".

See oli see koht. Siin. Josh ostis seda kella mulle siit.

Nagu enamus Lowell Rahvusajaloolises Pargis olevaid poode, oli hoone taastatud oma Victoria ajastu hiilguses, hoonel olid tagasihoidlikud klaasaknad, mida ümbritsesid paksud, musta värvilised puidust raamid. Ühel nendest akendest oli suur värvitud silt, millel kirjas „Lõpumüük". Selle all oli väiksem silt, millel kirjas „Kellade Parandus".

Ma lükkasin ukse ja ehmusin, kui rippuv kelluke teatas minu sisenemisest. Oli selge, et see pood oli varem olnud fuajee kõrgematele korrustele, ruumis olid ristkülikukujulised klaasist vitriinid, mis ääristasid seinu. Kolm vitriinid olid tühjad, aga ülejäänud kahes asusid korrapäraselt paigutatud käevõrud ja ehted, kõik paigutatud vahedega, et neid paistaks olema rohkem kui neid tegelikult oli.

Pikk, valgete juustega mees kummardus üle leti, kuulates tähelepanelikult kätega ilmekalt vehkivat naist. Naise pikkade mustade juuste ja tugeva aksendi järgi oli ta Kagu-Aasia, võimalik, et Kambodža või Vietnami päritolu. Kellassepp kandis väikest prillide külge kinnitatud monoklit ja vaatas läbi selle eset, mis naist niivõrd erutas.

Ma vaatasin oma kella, aga nagu viimaste kuue nädala jooksul, olid õrnad kullast seierid jäänud liikumatuks 3:57 peal. Kellassepp viibutas oma kätt, näitamaks, et tegeleb minuga niipea, kui lõpetab oma kliendi teenindamist. Pealesurutud naeratusega ma andsin märku, et ma ootan. Kellassepp oli kortsus ja kõhn, kandis peenetriibulise mustriga särki ja lipsu, võimalik, et seitsmekümnendates, või isegi kaheksakümnendates? Ei. See mees pidi olema üheksakümmend. Tal oli suursugune, peaaegu ajatu hoiak, ja mõne aja jooksul, loobusin ma tema vanusest arvamisest.

Ma toetasin vastu tühja klaasvitriini ja vaatasin ruumis ringi, mõistatades, kas siin on midagi, mida ma endale lubada saaksin. Ei. Iga sent, mis mul oli, oli kinni minu hariduses, sest et see oli minu põgenemisplaan ja mul polnud raha pisiasjade nagu kullast juveelitoodete ostmise jaoks. Ma väänasin kellarihma oma katkise Bulova käekella, mis maksis ilmselt rohkem kui kõik ehted, mis mul kunagi olnud oli. Väljapaneku riiul ilmestas seina teiste käekelladega, kuid neid oli vähe, sest et käekellad sobivad hästi kingituseks ja 50% allahindlusega olid need esimesed mis kaubaks läksid.

Kui palju *on* Josh mu kella eest maksnud?

Pole oluline. See ei muutuks midagi, mis ma olin sel ajal teinud. Kõik, mis oli minu jaoks oluline – parandada seda *kohe*, kuna ma ei suutnud jätta seda seisma 3:57 peale.

Kambodža naise hääl läks valjemaks, aga ta ei näinud välja vihane. Kui tema aksent poleks olnud nii jäme, oleks ma pealt kuulanud, aga kes olin mina, et teiste inimeste asjadesse oma nina toppida? Ma toetusin vitriinile ja ehmusin, kui pehme klaasi tilin hoiatas, et ma olin peaaegu midagi ümber ajanud. Olin üllatunud, kui nägin et leti peal olid ka kolm klaasist kaaned, mida hetked tagasi olin uidanud tühjaks. Nende ees oli naiseliku kursiiviga kirjutatud kiri, millel kirjas:

—Küsi, kuidas saad võita ühe tunni aega.—

Iga kupli sees oli imeilus kell, luksuslikum ja orneeritum kui miski mida ma varem nägin. Esimene oli hõbedane käekell, või tõenäolisemalt plaatinast tehtud kell. Kellal oli LCD ekraan, mis näitas aega, kuupäeva, ajatsooni, sekundeid ning ka pikkuskraadi ja laiuskraadi. See rippus õhukese platvormi pealt, sel viisil, nagu seal võiks olla väljapandud portselanist nukk. Ma kissitasin silmi, et lugeda tootja nime, mis oli kirjutatud arhailises, peaaegu loetamatus kirjas. *Skuld*. Pole kuulnudki. Võib-olla Jaapani päritolu?

Teine kell ei olnud nii väga erinev minu omast, sellel oli rihm, mille värvid olid kuldne ja hõbedane ning kolmas värv oli nähtavasti vaskne. Kellal olid vanamoodsad seierid ja mõned väikesed näidikud, mis, nagu esimesel kellal, näitasid kuupäeva, aastat, ajatsooni, pikkuskraadi ja laiuskraadi. Selle peale oli kirjutatud tootja nimi: *Verðandi*.

Kolmas oli paksu kuldketi otsas taskukell, selline stiil oli kasutusel 1800ndatel. Kell oli täiskullast, graveeritud kaanega, mida oli võimalik klaasi kaitsmiseks sulgeda. See kell, nagu ülejäänud kaks, näitas kuupäeva ja aastat, ajatsooni ja pikkuskraadi ja laiuskraadi. Sellel oli uhkelt kirjas, et selle tootis firma nimega *Urðr*.

Kummaline mõte käis mu peast läbi. Kas 1800ndatel olid ametlikud ajatsoonid? Pidi olema. Kas seda, või oli see kell järeletehtud. Kõik kolm kella tundusid olevat jubedalt kallid, ja kuigi ma ei leidnud hinnasilti, mõistsin ma, miks nad on pandud klaasist kaante alla – selleks, et keegi ei võtaks neid ära.

Lõpuks, Kambodža päritolu naine lõpetas oma tehingu. Kellassepp surus ta kätt ja jättis temaga hüvasti. Ma vaatasin läbi ripsmete kui ta möödus, teeseldes huvi millegi muu vastu. Kuigi kandes Aasia päritolu naistele tüüpilist, tagasihoidlikku ilmet, tundus ta silmade järgi rahulolev. Ta pani väikese kullast eseme enda käekotti ja viisaka noogutusega, lahkus kellukestega täiendatud ukse kaudu.

Kellassepa näol ilmus naeratus.

„Ja mida saan teie heaks teha, preili?"

Ma libistasin katkise kella oma randmelt, tundes end alasti hetkest kui see mu ihult lahkus.

„Mu kell seiskus."

„Kas te vajate uut patareid?"

„Ma olen seda juba proovinud. Kolm korda. Erinevates poodides."

Kellassepp võttis kella minu väljasirutatud sõrmedelt. Ma panin vastu kihule seda tagasi võtta ja karjuda „Ära puutu seda!" Ta asetas kella hellalt väikesele, hallile, velvetilisele alusele ja võttis karbist õhukese tööriista. Kuue nädala jooksul see oli juba neljas kord, kui ma lasin kellelgi oma kella lahata, ja mõte sellest ajas mind öökima.

Ta libistas alla oma monokli ja vaatas kella sisikonda.

„Millal see kell töötamast lakkas?"

Ma ütlesin: „Kell 3:57, kolmapäeval, 29. jaanuaril"

Kellassepp heitis pilgu üles, tema sinised silmad olid täitunud uudishimuga. Need silmad nägisid välja tegelikult palju noorema mehe silmad, niivõrd erinevad tema naha vananenud välimusest. Ma ootasin, et ta küsib minult veel küsimusi, kuid ta ootas, et mina alustaksin rääkida.

„Ma olin lõpetamas oma viimast tundi," pobisesin ma: „kui ma vaatasin oma kella ja mõistsin, et see on seiskunud. Ma proovisin seda parandada, aga igas poes öeldi, et tuleb saata kella mujale parandusse. Te olete ainus meister siin, selles linnas, kes parandab veel kelli ise."

Kellassepp jälgis hoolsalt minu ilmet.

„Kuus nädalat on pikk aeg, et üldse ilma kellata olla," ütles ta. „Miks te ei jätnud seda neile parandamiseks? See tuleks tagasi nädala jooksul."

Mu huul värises hetkel, kui ma hõõrusin tühja kohta oma randmel.

„Sest et ma ei suutnud seda silmist lasta"

Kellassepp hoidis kella üleval ja kiikas selle kõhu sisse. Ta käed olid oma auväärse ea kohta üllatavalt kindlad.

„Pinnapealt ei näe ma ühtegi riket," ütles ta. „Ma pean selle enda kätte jätma, vaid nii kaua kui vaja, et seda lahti võtta ja välja selgitada, mis täpselt juhtus."

„Mitu päeva?" Pisarad valgusid mu silmadesse.

Ta nägu tõmbus kokku kaasatundlikku ilmesse.

„On peaaegu sulgemisaeg," ütles ta. „Aga mõnikord jääb mu tütar hiljaks kui ta minule tuleb. Ehk teil tuleks minna ja juua tassi kohvi ja sel ajal ma vaatan, mida siin saab teha? Vähemalt annab see mulle võimaluse hinnata, kui palju kella parandamine maksma läheb."

Ma noogutasin , tänulikkusest et ta mõistis mind.

„Ma, ma lootsin, et ehk on kell veel garantii all?

„See sõltub," ütles ta. „Kust te selle ostsite?"

„Minu poiss-sõber … uhh, mu *sõber* ostis selle siit."

Ma võtsin välja väikese valge karbi, millel oli orneeritud kiri, vaid seda karbi, millel selle poe nimi peal oli. Tema näol ilmus kaastundlik naeratus.

„Väga hästi," ütles ta. „Ma diagnoosin selle tasuta. Mis on teie sõbra nimi?"

„Josh. Josh Padilla"

Ta vaarus kummalise väikese toa nurgas oleva kapi juurde ja esimest korda märkasin ma, et ta toetus tugevalt kolmeharulisele kepile. Ta tuhnis läbi mitmete puust sahtlite.

„Kas te ütlesite Joshua?" küsis ta.

„Josue," ütlesin ma. „J-o-s-u-e. See on, noh, välismaise kirjapildiga." Ma vaigistasin oma häält viimaseid sõnu lausudes. Mu enda kõrvadele tundusid mu eelarvamused solvavad.

Kellassepp võttis välja väikese, kolletunud kaardi.

„Siin see on," ütles ta. „Josue Padilla. 198 Lõunatänav, Lowell Acre linnaosa."

„Jah," sosistasin ma. Roosa häbi voolas mu põskedesse. Kas ta teadis, et see oli Piiskop Markhami vaestemaja?

Ta vaarus tagasi ja asetas kolletunud kaardi minu ette. Selle kõrvale pani ta väikest kõvapaberist ümbriku, kuid see oli piisavalt suur, et sinna kell mahutada. Ta hakkas täitma täiesti uut kliendikaarti jämeda sinise pastakaga. Arvestades tema vanust, ta kirjutas üllatavalt kindla käega.

„Mis on teie nimi, preili?"

Ta ei oodanud minu vastust, vaid kirjutas „Maria O'Connor."

Sosistasin: „See olen mina." Kui palju ta teadis?

„Aadress?"

Ma andsin talle ühiselamu aadressi.

Kellassepp pani veel mõned märkused kirja. Kuna ta seda tegi, ma piilusin kaarti, millel oli märgitud Joshi andmed. 389 dollarit oli ta maksnud minu Bulova eest, sissemaks oli 50 dollarit ja ülejäänud summa oli makstud 20 dollariste iganädalaste maksetena. Kuupäev, millal ta selle ostis oli päev pärast seda kui ta ütles, et armastab mind ja viimane kaardil märgitud kuupäev oli päev enne seda kui ta kutsus mina õhtusöögile ja tegi ettepaneku suhtesse astuda.

Ma keerasin pea kõrvale, sest et et suunud seda enam vaadata.

„Me sulgeme kella viiest, aga ma olen siin kuni 5:30," ütles ta. „Tulge tagasi enne seda, või tulge tagasi homme. Vähemalt peaks välja selgitada, mis sellel rike on."

Ta andis mulle tšekki.

Ma noogutasin tänulikult.

„Kui te *ei suuda* seda täna õhtul parandada, kas on võimalik teha nii, et ma võtan selle enda kätte ja toon tagasi, kui teil vajalikud osad olemas on?"

Kellassepp uuris mu ilmet.

„Hiina restoranis tänava teispool pakutakse väga hea wontoni-supp," ütles ta. „Ainult 2 dollarit ja 25 senti supi ja leiva eest. See pakub teile veidi mugavust, et teil ei oleks vaja väljas külma käes ootama."

Kas ma olin tõesti nii kergesti loetav? Jah, ilmselt küll.

Ta pani Joshi andmetega kaardi tagasi kohale. Ta seisatas ning seejärel võttis välja teise kaardi.

„Ma mäletan teda," ütles ta. „Ta kirjutas ja palus veel ühe eseme reserveerida. Ta saatis makseid igal nädalal, aga ta ei tulnud sellele järgi."

Lennukist väljakukkumise tunne pani ruumi paistma kaugel olevat.

„Millal ta sellele järgi pidi tulema," ma küsisin.

„Viimane makse oli 1. märtsil eelmisel aastal, peaaegu aasta tagasi täna."

Mu kõht tõmbus krampi justkui ma polnud nädalaid söönud. See oli päev, kui ma temast lahku läksin. Päev, mil keeldusin teda nägemast. Päev, mil saatsin tekstsõnumi, milles ütlesin et ei taha olla seotud mehega, kes pole *siin* et mind armastada.

„Laske mul vaadata, võib olla ma leian selle üles," ütles kellassepp. „Ta jäi vaid 20 dollarit võlgu, niiet ma ei saatnud seda tagasi."

„Ei!", tahtsin ma hüüda. *„Ma ei soovi seda näha!"* Aga ma ei öelnud seda, sest ma tahtsin oma kahtlustele kinnitust saada.

Kellassepp vaarus tagaruumi. Läbi ruudukujulise seinaava, nägin ma teda sorimas riiulites. Need riiulid olid täidetud absoluutselt kõikide kella osadega, mida saab ette kujutada. Kuni ta sisestas seifi kombinatsiooni, panin ma vastu tungile uksest välja joosta. Maailm tundus kauge, kui ta vaarus tagasi ja asetas musta karbi hallile velvetist alusele.

„Ta rääkis teiest alati kõrgelt," ütles ta. „Iga nädal makseid saates, kirjutas ta toreda kirja mulle, rääkides teiest kõike."

„Kas teil on veel need kirjad alles?" Pisarad valgusid mu silmadesse.

„Kuskil" Ta viipas tagaruumi poole. „Nagu olete märganud, meeldib mulle asju alles hoida. Kunagi ei tea, millal väljavisatud asi osutub tähtsaks."

Ma võtsin karbi kätte, värisedes kui silitasin musta velvetit. Ma tegin selle lahti, tahtes tõde välja selgitada.

Ma imestasin kui nägin, mille Josh ostis. Mitte kihlasõrmuse vaid kaks kuldset abielusõrmust. Ma hoidsin neid ja uurisin nende sisemust. Väikese, kursiivkirjaga olid seal kirjutatud meie nimed.

Nuuksudes panin karbi kinni ja panin selle letile tagasi.

„Mis selle mehega juhtus?" küsis kellassepp. „Ta tundus kindlameelne, pakkumaks sulle parimat."

Mu rind värises kui kohutava tõe ütlesin.

„Ta hukkus," sosistasin ma. „Kuus nädalat tagasi Afganistanis."

Peatükk 2

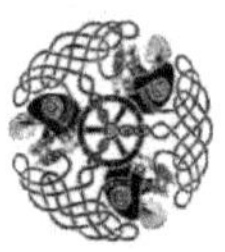

Josue Padilla hukkus Afganistanis kell 3:57 EST. Ta hukkus varitsuskohas eemaloleval mägiteel Paktika provintsis, olles jao esimene mees, sest Josh pani alati teiste ohutuse enda omast ette. Ta oli reservväelane juba siis kui ma esimest korda teda kohtasin, pärast sõjaväelist värbamiskampaaniat ülikoolilinnakus, aga ta ei olnud tegevteenistuses kuni aasta pärast seda kui ma temaga kohtama hakkasin, pärast seda kui ta ütles, et armastab mind, pärast mulle kella ostmist.

Mitte keegi ei öelnud mulle, et Josh on hukkunud, et ta suri kangelasena. Kolm pikka nädalat vahtisin oma katkist kella, aru saamata, miks see enam ei tööta, kuid ei suutnud seda käe pealt ära võtta. Kui ma poleks tema õega kokku põrganud Cote's Marketis päeval mil seal müüdi kodutehtud leiba ja ube, poleks keegi mulle seda ilmselt öelnud.

Miks olekski pidanud? Kui ma jätsin teda maha õhtul enne Afganistani minekut ja talle öelnud, et ma ei taha oodata meest, kes võib surnult tagasi tulla?

Kui Josh oleks elus olnud, oleks ma olnud Logan Lennujaamas sel hommikul kui tema ülejäänud üksus tagasi tuli. Selle asemel olin ma pagendatud, kui tema pere sõitis Washingtoni selleks, et postuumset autasu vastu võtta ja vaikselt matta teda Arlingtoni Riikliku Kalmistu surnuaiale teiste kangelaste ja kindralitega.

Ma isegi ei adunud, et ma nutan kuni kellassepp andis mulle karbi salvrätikuid.

„Ma eeldasin, et midagi halba juhtus," ütles ta. „Miks muidu oleks ta selle eest maksnud ning ei tulnud sellele järgi."

Mul ei olnud vaprust talle öelda, et Josh ei tulnud sellele järgi kuna tal oli vaid 24 tundi lahkumiseks ja ta kulutas selle aja minu otsimiseks, peale minu sõnumit talle, milles ma ütlesin et ei taha teda enam näha. Ta ei teadnud, et ma peitsin end ühiselamu kõrvaltoas ning olin ümbritsetud oma sõbrannadega ja nutsin kui Josh tagus minu ust ja hüüdis mu nime nii, et tema hääl oli täis pisaraid.

Ma haarasin salvrätiku ja nuuskasin nina.

„Kas te saate selle korda teha?" osutasin kellale. „Kas te saate parandada seda, mida olen ma teinud, mille tulemusel see katki on?"

Kellassepp sättis oma monoklit ja kiikas surnud kella sisemusse.

„Inimesed peavad aega muutmatuks jõuks," ütles ta. „Aga aja jälgimine on õrn, keeruline asi." Ta libistas kella ümbrikusse ja vastas mu pilgule. „Tulge tunni aja jooksul tagasi. Ma vaatan, kas ma saan selgitada välja probleemi põhjust."

Ma keerasin end, et lahkuda, aga kellassepp võttis mu käest kinni. Ilma ühegi sõnata, libistas ta sõrmustega karbi minu kätte, seda karbi, millele Josh järgi ei tulnud, sest et *ma* murdsin tema südame.

„Ta tahaks, et see teie käes oleks," ütles ta.

Ma tahtsin öelda: „*Ma ei vääri seda kinki,*" aga selle asemel ütlesin: „ Mul ei ole raha, ma kulutasin oma viimased sendid bussipileti peale."

„Josh maksis selle eest kui andis oma elu meie riigi kaitseks," ütles ta. „See on ainult 20 dollarit. Kui ta oleks täna siin, saaks ta allahindlust, sest ma sulgen oma äri, et veeta oma viimased päevad oma perega."

Tal oli kindlameelne pilk, mis meenutas mulle Joshi, selline pilk, mis on kõigil sõduritel ja ma mõtlesin, ehk on ta veteran?

„Okei," sosistasin ma. Ma võtsin karbi ja libistasin selle oma raamatukotti.

Ma keerasin, et lahkuda ja kolm klaasist kaante all olevat kella haarasid mu pilgu. Suur valge silt, suurem kui esimene silt oli mu tähelepanuta jäänud, olles teibitud leti esiküljele. Suurte punaste tähtedega oli seal kirjas:

—*Küsi, kuidas saad võita ühe tunni aega*—

Ma keerasin, et lahkuda, hoolimata rumalast jamast, aga jõudes ukseni, oli seal järgmine silt, kirjaga:

—*Küsi, kuidas saad võita ühe tunni aega*—

Ma keerasin tagasi, vaadates kellassepa poole ja küsisin: „Kuidas ma saan võita ühe tunni aega?"

Tema valged kulmud tõusid üllatusest.

„Ahaa, järelikult näete neid?"

Mu laup läks segadusest kortsu.

„Muidugi ma näen neid," ütlesin ma. „Leti peal on kolm kella."

Kellassepp noogutas, tema ilme muutus saladuslikuks. Ta liikus läbi tühjade klaasvitriinide labürindi ja seisatas kolme kellaga kaante juures.

„Mida te teeksite —" tema ilme muutus sfinksilikuks: „—kui saaksite reisida suvalisse hetke ajas, ainult üheks tunniks?"

„Ma läheksin Afganistani ja ütleksin Joshile, et ta ei läheks mööda mägiteed Paktikasse."

Ta tõstis klaaskaant kõige vanemalt kellalt, kuldselt taskukellalt, millel oli kiri *Urðr*. Ta hoidis seda üleval ja kiikas seda läbi oma monokli.

„Kell 3:57 oli juba liiga hilja, et päästa teie arm."

Ma nuuksusin, teades et see on tõsi. Josh oli surnud hetkest, mil tema üksus läks mööda mägiteed.

„Siis ma läheksin tagasi hetke just enne kui tema üksus läks sellele mäele," ütlesin ma: „ja ütleksin talle, et ta läheks mööda teist teed."

„Liikumine läbi aja pole sama mis liikumine läbi ruumi," ütles ta. „Kuidas sa sinna saad? Ja kui saad, kuidas sa väldid ise surma saamist?"

Viha kees minu kõhus.

„Nüüd te olete nii õel!"

Kellassepal oli ülimalt kannatlik ilme.

„Sa küsisid, kuidas saab võita ühe tunni sega," ütles ta. „Kui sulle antakse see tund, kuidas ma saan olla kindel, et sa ei raiska seda?"

„Ma arvasin, et me räägime nende kellade endale võitmisest?"

Ta näitas sildi peale.

„Silt näitab, et teil on võimalik võita tunni aega, mitte kella, sest ma võin täie kindlusega öelda, et need kellad pole müügiks."

„Ehk siis te ise otsustate, kes saab võita?" küsisin ma: „See pole nagu kübarast loosi tõmbamine?"

„Kui sa näed neid kellasid, siis oled juba võitnud," ütles ta. „*Nemad* ise otsustavad, keda nad aitavad. Mina olen lihtsalt nende hoidja."

„Nemad?"

„Nornid."

See, millest ta rääkis oli liiga ulmeline, aga Joshi kella seiskumine tema surmahetkel pani mu reaalsustaju vappuma. Ma olin meeleheitel ja kellassepp pakkus mulle lootust.

„Kuidas siis saan ma kindlustada, et Josh ei sure?"

Kellassepa silmad läksid kurvaks.

„Kella omamine ei tähenda, et sul on võimalik muuta tulemust. Enamusel juhtumitest, ükskõik kui väga inimene üritab, igal juhul ei ole võimalik Saatust muuta, sest et kuigi meil on kontroll oma elukäigu üle, ikkagi ei luba Saatus teiste inimeste elukäiku mõjutada."

„Siis ma ütlen *iseendale*, et ma ütleks Joshile, et ta ei võtaks mägiteed."

„Ei tohi mitte kunagi *iseendaga* kohtuda," ütles ta. „Sest kui see juhtub, loodakse aja-paradoks ja kell toob sind kohe tagasi olevikku. Ka ei tohiks oodata tulemuse olulist muutust. Mida rohkem hammasrattaid pead liigutama, seda tõenäolisemalt muudad asja hullemaks ja see võib tekkida *nurjumist*."

Meeleheide segunes ebareaalsusega, muutes mu häält ärritavaks.

„Siis kuhu ma saaksin minna?"

„See on *sinu* minevik," ütles kellassepp. „See on sinu otsus ning tuleb otsustada ise kuhu sa saaksid minna. Kõik mis mina saan teha on lasta sul kasutada seda kella ühe tunni jooksul."

Ta andis mulle kätte suure kullast taskukella kirjaga *Urðr*. Ma vaatasin keerukat põhjamaist sõlme, mis põimus kaant mööda nagu pärg, seal olid kolm tillukesed naised, paigutatud kui rattakodarad, üks neist lõnga ketramas, veel üks kudumas ja kolmas nuga hoidmas. Kell tundus soe, justkui keegi oleks selle just taskust välja võtnud, see tunne võttis mu käe enda valdusse.

„Kuhu iganes sa otsustad minna, tuleb alustada ja lõpetada oma teekonna siin, selles poes. Ära lase mineviku-endal end näha ja ärge tee midagi, mis võiks mineviku-endale probleeme tekitada. Kui sa tekitad paradoksi, võid ajas ära eksida ja see ei ole meeldiv koht kus olla."

Ma uurisin nuppe, üritades aru saada, mis nupp missugust näidikut mõjutab. Kellassepp osutas igale, poolele tosinale nupule.

„See kontrollib tunde ja minuteid," ütles ta: „ja see seab paika kuupäeva ja aasta."

„Aga kuidas on ajatsoonidega, pikkuskraadiga ja laiuskraadiga?"

„Kell ei lase sul seda mujale sättida kui *siia*." Ta haaras mu käest. „On peaaegu võimatu muuta sündmusi, mis on viinud surmani. Aga mõnikord, kui oled siiras, siis saad öelda kellelegi, et sa armastad teda. Saad jätta temaga hüvasti."

Ta silmad läikisid, justkui ta oleks ise seda kogenud.

Ma mõtlesin hoolikalt kui vaatasin kellale otsa. Ja siis sättisin osutid paika. Tiksumine muutus veegi valjemaks, justkui kell tahtis anda mulle märku, et iga sekund on hirmkallis – et iga sekund on üks sekund vähem mineviku muutmiseks.

Tik. Tak. Tik.

Ma vajutasin keskmist nuppu.

Peatükk 3

Hetkeks tundsin end kindlusetult, aga kõik mu ümber tundus olevat endine. Kellassepp seisis nüüd leti taga ja mingil hetkel oli sisse astunud noorpaar, Jamaika või Haiti päritolu naine koos mehega, kellel olid rastapatsid ja värviline rastamüts. Ma vaatasin taskukella, ma tundsin end pettunud, sest et arvasin, et kell polnud toiminud, aga kui pöörasin seda tagasi panema, märkasin, et kolm klaasist kuplit polnud sel kohal veel olemas. Nende asemel oli ripatsitega täidetud vitriin.

Kellassepp vaatas üles ja naeratas.

„Kohe tegelen teiega, preili," ütles ta: „kohe kui aitan sellel paaril kihlasõrmust valida."

Ta kiikas uuesti läbi oma monokli ja selgitas noorpaarile kolme teemandi valimise põhimõtet: värv, lõige ja selgus. Naine soovis kõige suuremat sõrmust, aga kellassepp soovitas talle valida väiksemat aga veatumat teemanti, mis sümboliseeriks paari armastust. Jamaika naise mees paistis kergendatud kui ta teadis, et väiksema teemandiga sõrmusel on märgatavalt väiksem hind.

Taskukell tundus kuum, justkui oleks see välja päikese kätte jäänud. Kusjuures, terve pood tundus valgusrohkem ja ma võtsin oma talvemantli nööbid lahti. Ma vaatasin aknast välja ja mu suu vajus üllatusest lahti.

„See töötab." Ma vaatasin kellassepa poole, aga ta oli teiste klientidega hõivatud. Ma hoidsin kella üleval.

„Ma tulen tunni jooksul tagasi," ütlesin ma. „Täpselt nagu kokku lepitud."

Ma heitsin pilgu taskukellale. Seitse minutit olin ma just poes kulutanud. Ma kiirustasin välja, tahtes näha, kas aeg oli ka päriselt nihkunud. Oli ikka märtsikuu, aga mitte külm, lumine kevad, mis pidevalt lükkas Joshi tagasijõudva üksuse lendu edasi, aga lahkem ja hellem märts ning selline ilm, mis oli sama päeval aasta tagasi. Väljas ei olnud enam loojangut, kuid oli hommik, sest päike oli juba tõusnud ja paistis nüüd kagu suunast, suunast kust ta paistis ligikaudu kell üksteist igal päeval.

Mul oli kulunud kakskümmend minutit sinna jõudmiseks. Viis kvartalit Merrimack Tänavale ja seejärel veel kuus kvartalit Keskväljakul korraldatud ärasaatmistseremooniale jõudmiseks. Nelikümmend minutit. Kolmkümmend kui kiirustan. Jah, ma saan kohale jõuda. Kõik, mis on vaja teha - lihtsalt jõuda sinna enne kui Josh bussile astus.

Sopased lumehanged seisid varjudes, aga kõikjal mujal oli ere, särav päikesevalgus, mis sulatas jääd, jättes kõnniteed puhtaks. Higimullid tekkisid mu laubale kui ma kiirustasin, olles täis lootust ja ma meenutasin, et sel päeval olid 13 kraadi sooja ja mõnus ilm.

Nagu tavaliselt, Kesktänav oli ummistunud liiklusest, ma veendusin lõplikult, et tegemist on sama päevaga aasta tagasi kui nägin oranži liiklusmärki.

-Liiklus ümbersuunatud. Sild suletud. Ümbersõit Warren Tänava ja Kiriku Tänava silla kaudu.-

„Ei!"

Ma kiirustasin barrikaadidest mööda. Kanalipealse silla renoveerimise käigus oli tee avatud vaheldumisi mõlemale liiklussuunale. Ka kõige intensiivsemas ehitusjärgus oli sild jäänud jalakäijatele avatuks, sest kanaliterikkas linnas nõudsid ärimehed, et kliendid saaksid bussipeatustest poodidesse liikuda. Aga ühe õudse nädala jooksul eelmisel, mitte *sellel* aastal terve kesklinna osa oli täidetud leeklampidega varustatud ehitusmeeskondadega.

„Sild on suletud, preili," ütles üks üleskääritud käistega politseinik. „Teil tuleb minna kas Kiriku Tänava või Dutton Tänava Silla suunas.

„Palun, Härra! Mul on vaja minna!"

„Pole võimalik," ütles politseinik. „Nagu te näete, ehitustöölised on silla teeosa juba eemaldanud."

Lowellis olevad kanalid on ligikaudu kümne meetri laiuses, ääristatud graniitseintega. Josh oli mulle rääkinud, et kui ta oli

Lowelli Keskkooli õpilane, igal kevadel kõik õpilased hüppasid kanalisse, et ujuda teisele poole, see oli komme, mis neile koheselt karistuse tõi. Josh oli just selline mees - kartmatu ja julge.

Suviti on kanalid aeglased, vaiksed veekogud, mis sobivad ideaalselt piknikkude tegemiseks või vaatamisväärsuste vaatamiseks, mille korraldamisega tegelesid pargi teenistusmeeskonnad. Aga varakevadel muudavad kanalid ohjeldamatuks, ohtlikkudeks kohtadeks, veepinna peal on suured jääpangad, mis tulevad tõusvast Merrimacki jõest.

Ma hiilisin lähemale ketist tõkkele, mis oli ehitustöölistega kinnitatud selleks, et meeleheitel inimesed (nagu mina) ei üritaks midagi niivõrd rumalat kui kõndida üle silla paljastatud aluskarkassi. Ma ei pidanud küsima, sest ma juba teadsin, et sild oli juba nädal aega suletud.

Kas ma julgesin hiilida mööda piirdest ja rutata mööda kiivreid kandvatest meestest, kes tantsisid tellingute vahel kui tsirkuseartistid? Kas ma julgesin kõndida üle paljastatud terastalade, mis jooksid alla käredasse vette, mis oli tõusnud nii kõrgele, et mul oli võimalik sirutada käe ja puudutada jääpankasid kui nad liikusid oma hukatuse poole allavoolu paiknevate turbiinide sisse?

Taskukella heli muutus valjemaks, ja selle tiksumises *kuulsin* ma peaaegu kellassepa sõnu.

'Kuidas sa sinna saaksid? Ja kui saaksid, kuidas sa võiks vältida surma saamist?'

Ei. Ma ei olnud nii vapper.

„Preili," käsi puudutas mu õlga. „Siin ei tohi seista."

Ma hüppasin ehmatusest, vaatasin üles ja nägin ehitustöölist. Ta oli pikka kasvu, tumedajuukseline ja tõmmunahkne mees nagu Josh oli, aga selle asemel et mind hirmutada, andis see mingil põhjusel mulle heaolutunnet. Ma peaaegu tahtsin alla anda, aga üks kord oma elus ma olin hirmule juba alla andnud ja isegi kui ma ei saanuks tulemust muuta, tahtsin ma vähemalt hüvasti jätta.

„Öelge mulle, mis on kiireim tee Keskväljakule?" ma küsisin „Palun teid, ma kiirustan."

Ehitustööline viipas teele kust ma olin tulnud.

„Minge Kesktänavalt Jackson Tänava suunas," ütles ta, „ja pöörake paremale, Kanali Tänavale, kohe pärast Appletoni Tehasele jõudmist. Ületage sild, mis läheb üle Hamiltoni Kanali. Te jõuate valgetest tellistest ehitisele, mis näeb välja nagu teelõpp, aga kui lähete seda ringi ümber, viib Kanali Tänav teise silla juurde. See koht on jubedas seisukorras, aga kui olete ettevaatlik, saate jalgsi üle minna. Lõigake läbi tühja platsi ja liikuge Broadway Lisatänava suunas, see viib teid otse Duttoni Tänava juurde."

„Tänan teid," ütlesin ma, pisarad kerkimas silmadesse.

„Üks soovitus - olge ettevaatlik kui liigute Soo Lüüse mööda," ütles ta. „Tee ei ole kasutusel. Seal on palju klaasikilde ja prahti. Ma ei kasutaks kunagi seda teed öösel, aga päevaajal peaks kõik korras olema."

Ma heitsin pilgu kellale. Kuusteist minutit olin ma juba kulutanud, lisaks ka seitse minutit poes. Kakskümmend kolm hirmkallist minutit on juba kulutanud. Mul oli vaid kolmkümmend seitse minutit selleks, et leida Joshi ning öelda talle, et ta ei läheks mööda mägiteed, aga minu tee on kolm korda pikem kui esialgu planeeritud.

Pöörates ringi, liikusin ma tagasi endise teele, kust ma olin tulnud.

Peatükk 4

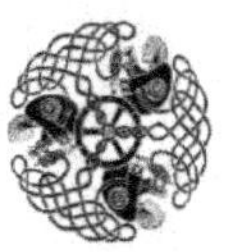

Muutmatu inimloomuse osa on see, et hoolimata sellest kui kehvasti inimesel läheb, osutab inimene mingi inimesele, kellel läheb veel kehvemini ning ütleb: „*Kas näete ... ma ei ole nii halb.*" Kui oled arenenud, tunned kaastunnet nende vastu, kellel vähem vedanud, aga kui oled kehvemat tõugu, otsid kedagi keda naeruvääristada. Minu perekond kujutab endast teist varianti.

'*Söö need herned ära, Aafrikas on vaesed ja nälgivad inimesed,* ' meeldib mu emale öelda. Aga kui oli vaja toitu vaesematele annetada, mu isa alati toriseb: '*ütelge nendele laiskadele pättidele, et nad peavad otsima endale tööd!*'

Mina? Ma lihtsalt hoian oma suu kinni. Isegi kui ma ei nõustu.

Kui ma Joshiga kohtusin, pöörasid kõik need eelarvamused nende peadele...

Josh käis Massachussets Lowell Ülikoolis, tal oli sõjaväe stipendium, ta mõistis, et peale lõpetamist teenib ta kuus aastat Riikliku Kaitseväeteenistuses. Ta oli kasvatatud üksikemaga Piiskop Markhami vaestemajas, tema perekond kujutas endast kõik, mida minu isa vihkas: sotsiaaltoetuse saajad, madalapalgalised, aga kõige hullem oli see, et Josh oli sündinud võõras riigis. Ma arvan, et seetõttu hoidsin meie suhteid saladuses. Ma teadsin, et mu vanemad keelitaksid mind temaga mitte suhtlema, ja juhul, kui nad oleks seda teinud, poleks mul olnud jõudu nendele vastu panemiseks.

Ma kiirustasin ületada Jacksoni Tänavat, see oli pikk, tehaste vahel asuv telliskivist kanjon, need tehased hoidsid teed varjus. Osad neist olid muudetud korteriteks, aga selles linnas on palju rohkem tehaseid kui ettevõtteid, mis võiksid anda inimestele tööd. Need ei ole vaestemajad, need on luksuskorterid, aga kui ma neid oma isale näitasin, ühmas ta vaid seda, et need võiksid vaestemajadega sarnased olla.

Mina? Minu arvates on nad päris ilusad. Punastel telliskiviseinadel on teatud omadus, mis annab kindlustunnet.

Kanali Tänava Sild oli väike ja hiljuti renoveeritud, seda hooldas ettevõte, mis asus kaugema tehase osas. See sild ületab Hamilton Kanali, mis on aeglane haru suuremas kanalisüsteemis, mis enam ei pööra Appleton Tehase turbiini. Ma kiirustasin üle silla ja läbi parkimisplatsi. Nagu ehitustööline rääkis, Kanali Tänava lõpus oli suur, valge hoone, ja selle vasakul küljel oli halbatõotav kõnnitee, millel oli silt „Läbikäik keelatud".

Ma vaatasin kühveldamata lumevalli ja selle taga olevat jäist lumekatet. Kui seal poleks olnud ammu jäätunud jalajälgi, oleks olnud raske uskuda, et siin oli üldse tee olnud. Ma kiirustasin mööda sildist, lootes, et keegi mind tähele ei pane.

„Vabandage, Preili!"

Sinise vormiriietusse riietatud mees, kellel oli selline riietus, mida võiks turvamees kanda, ruttas minu poole. Ma liikusin kiiremini, kindlameelselt silla poole.

„Preili! See on eravaldus."

Ma libisesin ja peaaegu kukkusin, aga sain kohe püsti tagasi ning vaatasin temale otsa, mu süda peksis, sest esimest korda elus hakkasin ma turvatöötajale vastu.

„Palun teid! Mul on vaja minna."

„Ma ei saa teil lubada sinna minna," ütles ta. „See tee ei ole ohutu. Sild ei ole hooldatud."

Taskukell tiksus valjemini, tuletades mulle meelde, et olin juba suure osa oma tunnist ära kulutanud. Kui oleksin teinud mis mulle öeldi, oleksin võinud Joshi bussile hiljaks jääda. Ma hakkasin jooksma, kindlameelsena, et seekord ei takista miski minu teed, ma pean saatma teda ära.

Turvamees karjus minu peale, aga ei jälitanud mind. Betoonist teesulg laius üle aukliku tee, aga see oli väike takistus ning rohke graffiti hulk andis teada, et ma ei olnud ainus inimene, kes kasutas seda teed. Ma astusin üle barrikaadi, olles tänulik, et päike oli teel olevat lumekihti osaliselt sulatanud.

Sillutis muutus ebatasaseks ning seejärel muutus katkiseks, kuid nagu ehitustööline rääkis, seal oli kehvasti hooldatud sild Alam-Pawtucket Kanali üle. Minust vasakul pool asus väike kosk, mida nimetatakse Soo Lüüsiks, see jagas kanalit kolmeks osaks ning allavoolu suunas oli nähtav Kesktänava Sild, mis oli ehitamisel. Kolm aastat olin ma elanud selles linnas teadmata, et selline otsetee oli seal ka olemas. Kui seal poleks olnud nii palju klaasikilde, oleks kosk olnud kena.

Mu süda peksis kiiremini kui ma mõistsin, et ma pole seal üksi.

„Hei, *plika!*" hüüdsid viis noort meest, kõik nad kandsid värvilisi jopesid, mis andsid märku gängi kuulumisest. „Kas tulid siia, et meiega liituda?"

Nad paistsid olema noorukad, on võimalik, et olid koolist jalga lasknud? Aga kõige vanemal oli karm, näljane nägu, ta vahtis mu jalgevahet ning limpsis oma huuli. *Ta* ei olnud mingi nooruk. Ma suunasin oma pilgu alla, tahtmata vaadata kõiki silla ääres toimuvat.

'*Uhh ... plika, ära ole selline peps!*' Üks noorematest noorukitest liikus minu poole. „Me tahame lihtsalt kenad olla."

Mul oli võimalik valida kas minna tagasi ohutusse, turvamehe juurde või minna edasi, kohale, kus Josh ootas Linnahalli juures. Ma ruttasin liikuda nende mööda. Nad hüüdsid ning kutsusid mind *plikaks*, kuid õnneks ei jälitanud nad mind kui ma oma teed jätkasin.

Silla taga olev tee oli kole ja täis prügi, klaasikilde, räpaseid mähkmeid ning läbi asfaldi kasvavat umbrohtu, kuid õnneks ei olnud rohkem inimrämpsu. See tee säästis minu aega ja aeg oli see, mida ma hädasti vajasin.

Ma heitsin pilgu kaardile, mille ma olin varem välja prindinud selleks, et leida juveelipoodi üles. Seda teed ei olnud kaardil märgitud, aga ma nägin sellist kohta, kus minu ees asuv parkimisplats ühineb Dutton Tänavaga. Minu süda peksis veel kiiremini. Ümberkäik oli mind kaugele teelt kõrvale viinud. Isegi kui kiirustan, igal juhul mul jääb väga vähe aega enne kellaaega aegumist.

Ma hakkasin jooksma.

Peatükk 5

Jack Kerouac kasvas üles selles linnas, käis Lowell Keskkoolis ning oli postuumselt autasustatud kraadiga Lowell Ülikooli poolt. Josh oli alati Kerouac'ist lugu pidanud, ta oli ise immigrantide poeg ning kuigi Josh polnud mingi haritlane, luges ta mulle tihti väljavõtteid teosest „Teel". Josh liitus reservohvitseride treeningprogrammiga, sest ta tahtis vaadata maailma, kuid tema pere võimalused olid kesised ja temal oli ainus viis tema unistust teostada - astuda sõjaväkke.

Ma viskasin selle mõtte oma mõtetest välja kui me kohtamas käisime: tema patriootlik olek, pikaajalised füüsilised treeningud, ta treenis igal päeval, ning ka see, et ta vaatas oma kahte nõbusid, kes just olid naasnud Iraagi teenistusest. Oli liiga lihtne unistada maailma vaatamisest, ignoreerides reaalsust, kuid Josh sõlmis lepingut ja nüüd kuus aastat tema elust kuuluvad sõjateenistusele. Isegi kui ma *oleksin* teadnud teda hetkel, kui ta täpilisele joonele oma allkirja pani, ma kahtlen, et ma saaksin muuta tema otsust. Ning peale selle, see oli tema iseloomu külg, mida ma kõige rohkem armastasin. Ma armastasin seda kui tugev ta oli. Ma tundsin end vaprana kõikjal ja igal kohal, kus ma temaga olin.

Josh tegi nii, et ma piilusin välja oma õpikute tagant, järk-järgult õppisin ma end mitte peitma.

Rahvuspargiteenistus on ehitanud armsa telliskividest kõnniteed, mis asus siinpool Merrimack Kanali ääres, aga teisel pool kanali asus Lowell Dekoratiivraudtee. Ükskord kõndisime siin koos Joshiga kui ta kutsus mind Jack Kerouac'i näitusele. Ta vihjas, et ta tahtis minuga koos reisida. Ma ütlesin talle, et mul jääb veel üks õppeaasta lõpetamata. Ta naeras ja ütles, et ma ei pea muretsema, et ta teeb oma teenistuskäigu ära ja saab lõpetada teenistusaasta õigeaegselt enne seda, kui ma lõpetan ülikooli.

Ma teadsin, et ta plaanib teha abieluettepaneku enne kui ta läheb sõduri baaskursusele. Ta oli sellele vihjanud mitte ainult enne 182. Jalaväepataljoni aktiviseerimist kuid palju korda ja tema vihjed muutusid järjest rohkem varjamatuks ning ta kirjutas mulle igal päeval. Tema kirjadest avastasin ma seda, et Josh on ka haavuv inimene ning selline tema iseloomu külg hirmutas mind, sest ma alati toetusin Joshi tugevusele.

Mu hingetõmbed muutusid katkendlikuks ja valulikuks kui ma hüppasin mööda paigast liikunud tellistest ning üritasin mitte komistada. Läbi tänava varitsesid mahajäänud hooned, täis ettevõtteid, millistel olid omapärased, etniliselt kõlavad nimed. See kanal eraldas üht, Rahvuspargiteenistusega puhastatud linnaosa teisest linnaosast, kus elasid *'need inimesed'*, need inimesed, kes elasid vaestemajades, mis asusid kogu territooriumil kuni Merrimack Jõeni. Ma jooksin mööda mitmest noorest meestest, kes kandsid kurikuulsa Aasia gängi värve. Ma jooksisin veel kiiremini, sest et et tahtnud nende kätte jääda, kuigi oli ebatõenäoline, et nad tülitaksid mind päevaajal.

Kell tiksus valjemini, tuletades mulle meelde, et mul oli vaid üksteist minutit jäänud. Nelikümmend üheksa minutit olin ma juba kulutanud! Nelikümmend üheksa hirmkallist minutit, mille jooksul oleksin võinud öelda Joshile, et ma armastan teda, paluda vabandust ja jätta temaga hüvasti! Ma haarasin oma vöökohta ning püüdsin pistmisvalu ära sundida, sama valu, mida ma olin alati kasutanud vabandusena, et mitte joosta koos Joshiga igal korral kui ta mind endaga kaasa trenni kutsus.

Jumal, kui ilus mees ta oli! Pikk, musklis, tumedate juustega ning veel tumedamate silmadega, tõmmu nahaga ja naeratusega, mis säras justkui kogu maailm oli täis päikesepaistet. Tema naeratus oli see, mis oli minu tähelepanu köitnud kui ma peitsin end reservohvitseride kursuse demonstratsiooni tagaosas, uudishimulikuna, miks vormiriietuses mehed olid äkitselt tunginud ülikoolilinnakusse. Kui ma olin lahkumas, ma komistasin ja mu raamatud kukkusid käest ning kõige kenam reservohvitseride kursuse tudeng tuli, et aidata mul neid üles korjata. See oli esimene kord kui ma isegi julgesin naeratada vastu mehele, kes oli nii pikk ja mehine, ja kui ta mu järgi käis, pidin kulutada palju aega selleks, et veenduda tema huvi *ehtsuses.*

'Ta kohtub sinuga, sest et tahab elamisluba saada,' ütles minu isa kui ma lõpuks talle ütlesin. *'Ta abiellub sinuga ning seejärel lahutab sinust ära kohe pärast elamisloa saamist.'*

„Josh liitus armeega ja sai sõjaväelaseks selleks, et kodakondsust saada," Karjusin ma vastuseks. „Ta ei vaja viisat siin elamiseks."

'Ta on välismaalane!'

„Mis see siia puutub?"

'Tema isa on vanglas'

„Josh kunagi ei vaadanud oma isa! Ta ema tuli *siia* kui Josh oli kaheaastane."

'Tema emal on olemas kolm last kolmede erinevate meestelt.'

„See ei ole tema süü, et tema abikaasad väärkohtlesid teda. Ta lahutas nendest ära, et kaitsta oma lapsi."

Conchita Padilla oli minu arvates, tõeline tiiger. Üksikema, kes erinevalt *minu* emast keeldus oma laste löömise vaatamast. Miks, oh miks ma küsisin oma vanematelt nõu, kui ma teadsin, et nad ütlevad nii õudseid asju?

'Kui sa abiellud temaga, elad kogu elu abiraha ja sotsiaaltoetuste saamiseks.'

Ma nuuksusin kui ma jooksin kiiremini, häbenedes, et ma ei olnud piisavalt tugev, et keelduda vanemate nõuete kuulamist hetkel, kui Josh läks sõduri baaskursusele. Ma tundsin end üksikuna ja läksin koju ning öelnud oma vanematele, et ma olen armunud mehesse, kes on just Armeesse läinud.

Neid ei kuulanud minu seletust kui ma ütlesin nendele, et mitte keegi ei tööta rohkem kui Josh. Ta oli usin mitte ainult tema õpingutes, kus ta sai alati head A või B hindeid; vaid ka teisel tööl, ta hakkas töötama seal selleks, et mulle kuldkella osta; ja auaste, mida ta saavutas reservohvitseride kursusel, see auaste andis Joshile võimalust astuda ülikooli. Kui ta läks baaskursusele, kirjutas ta mulle uhkusega ja andis teada, et ta on juba saanud auastmekõrgendust ja sai Teiseks Leitnandiks. Ta vihjas, et teise leitnandi palk võimaldab teenida piisavalt raha, et toetada pere.

Aga Joshi polnud enam siin kui ta läks baaskursusele, niiet ma sattusin tagasi oma kookonisse. Kui ta kirjutas mulle ja ütles, et tal on 24 tundi selleks, et oma asju korda ajada, läksin ma tagasi oma pere juurde nõu saamiseks. Mind hirmutasid mitte minu isa sõnad, mis olid täis viha, vaid minu ema pehmed sõnad, mis hirmutasid mind väga: *'Ta palub sinu kätt, et sa ootaksid teda tema äraoleku ajal, aga kui ta tagasi tuleb, jätab ta sind kellegi parema heaks maha.'*

Taskukell minu käes tiksus, *'parem, parem, parem.'* Probleem polnud kunagi selles, kas Josh oli minu jaoks piisavalt hea või mitte, vaid minu endal oli sügav hirm, et ma ei ole tema jaoks piisavalt hea.

Pisarad veeresid üle näo alla kui ma mõistsin, et ma ei jõua kohale õigeks ajaks.

„Kerige põrgu," ma karjusin eelarvamuste peale. „Seekord otsustan ma oma saatuse ise!"

Ma libistasin seljast oma kakskümmend kilogrammi raamatuid sisaldava seljakoti ja viskasin selle maha. Eemal, nägin graniidist obeliski, mis märkis nelja Kodusõjas hukkunud sõduri hauda. Selle taga oli Linnahall ja tseremoonia, mis oli korraldatud 182. Jalaväepataljoniga Afganistani tulevate meeste auks.

Higi voolas mööda selga kui jõudsin Merrimack Tänavale, ma sööstsin fooride läbi, eirates fakti, et mul ei olnud läbimisõigust. Autode rehvidel oli valju heli kui nad peatusid, autojuhid signaalitasid, aga ma jooksisin viimase silla üle, meeleheitlikult üritades Keskväljakule õigeaegselt jõuda.

Lowell Linnahall kiirgas kui muinasjutuloss päikese käes. See oli läikivhõbedase graniidiga kaetud hoone, mis kujundas endast Gooti ja Uusromaanika arhitektuuri segu. Selle tipus oli hiiglasliku kellaga kesktorn, kellal olid suured mustad osutid, mis näitasid 11:53. Ma sattusin peaaegu paanikasse, aga tornikell käis tervenisti minuti võrra kiirem kui taskukell. Kaheksa minutit jäänud. Mul oli ainult kaheksa minutit, et leida Joshi üles.

Mu hingetõmbed läksid kiiremaks kui ma läksin obeliskist ja võidupärja hoidva naiselikust pronksist inglist mööda. Ingli lahke kuju andis mulle lootust, justkui andis mulle teada, et mu eesmärk on juba lähedal. Seitse minutit. Ma olin peaaegu kohal.

Archand Tee oli täis autosid. Minu ees olid kaks oliivrohelist bussi, üks nendest bussidest oli buss, millega sõidab minu Josh ära. Ma liikusin nende vahelt läbi, mööda inimestest, kes täitsid väljaku samal ajal kui Linnapea rääkis, kui uhke on see linn oma sõjameeste üle. Inimesed olid suures osas mitmekesise päritoluga ja paljud neist olid riietatud suurepäraselt ning isegi parem kui nad riietuksid oma lapse ülikooli lõpetamise puhul.

„Laske mind läbi!", ma hüüdsin, sel hetkel ma üldse ei andnud tähtsust oma käitumisviisile. Ainus ja peamine asi, mida ma soovisin teha - öelda Joshile, et ta ei läheks mööda mägiteed, aga kõiki muid probleeme lahendame tema tagasituleku pärast.

Keegi astus minu ette. Naiselik käsi togis mind rindu nii tugevalt, et ma peatasin oma teed.

„Mida *sina* siin teed?"

Ma püüdsin hinge kinni ja nägin Joshi ema. Conchita Padilla seisis minu ees, ta nägis välja nagu raevunud pruun tiiger, kes oli kindlameelselt valmis kaitsta oma kutsikat argpüksist, kes saatis tema pojale sõnumit, milles teavitas, et ei taha teda enam näha. Temast mõlemal poolel seisid Joshi noorem õde ja vend, tema vanaisa ja nõbud, kõik need olid vaenuliku ilmega.

„Ma-, ma-,ma tulin siia, et saata teda ära."

„Sa *ei vääri* mu poja nägemist!"

Ma astusin tagasi, sest ma teadsin, et ükskõik kui palju aega ma teda paluks, Conchita ei laseks mul minna. Pärast Joshi lahkumist, ma käisin tema ema juurde ja küsisin, kuhu ja mille üksuse oli Josh määratud. Ma küsisin seda selleks, et mul oleks võimalik talle kirjutada ja paluda andestust. Conchita Padilla sülitas mulle näkku ning ütles, et kui ta seal hukkuks, oleks see minu süü, sest Josh on muutunud elu suhtes ükskõikseks.

„Teil oli õigus, teil oli õigus," ütlesin ma. Ajad oli segatud, minevik ja olevik oli segatud. „Ma ei vääri teda. Kuid palun teid! Ma pean talle ütlema, et ta ei läheks mööda mägiteed!"

Ma ei saanud kunagi ühtegi kirja ning ükski minu kiri ei jõudnud kohale, isegi kui jõuaks, oli Josh leppinud postkontoriga kokku, et postkontoritöötajad saadaksid neid kirju tagasi avamata. Josh oli kirglik, lojaalne inimene, aga ta oli piisavalt uhke, et end alandada rumala lolli tasemele, sest et ma olin tõeline puruloll, kes on reetnud teda õhtul enne, kui ta peaks ära sõitma.

Minu käitumine mõjutas temale ja Conchita astus kõrvale kuid ta ähvardas mind sõrmega, tema pruunid silmad olid täis süüdistamist.

„Sa murdsid tema südame!"

Ma noogutasin, sest mul ei olnud midagi vastuseks öelda.

Linnahalli kellatorn hakkas lööma sügavates, pahaendelistes helitoonides. Üks löök, teine löök.

„Palun teid!", palusin ma. „Ma pean talle ütlema, et ta ei läheks mööda mägiteed!"

Conchita näitas rohelises vormis mehi, kõik need olid rivistatud täieliku, politseinikkudest koosneva auvahtkonnaga. Paljud politseinikud olid ise ka veteranid ja Joshi unistus oli ühel päeval nendega liituda. Ma hakkasin jooksma, hoolimata sellest, et jooksin läbi politseinike reast.

„Josh!" Ma hüüdsin paaniliselt. „Josue!"

Joshil olid lühikesed juuksed, sõduri baaskursusel pidev treenimine tegi tema nägu kõhnaks ning ma peaaegu ei tundnud teda ära. Ta seisis kolmandana lõpust. Ta kõhkles ning seejärel lahkus rivist, eirates oma ülema haugutava käsklust. Ta tundus suuremana kui ta varem oli, tema õlad olid laiemad, justkui baaskursusel oleks talle õpetatud maailma raskust oma õlgadel kanda.

Tornikell lõi valjult kui ma viskusin end temale embusse, ma nutsin hüsteeriliselt.

„Ära mine mööda mägiteed, ära mine mööda mägiteed," nuuksusin ma. „Oh jumal, Josh! Palun ära mine mööda mägiteed, kui lähed, siis saad sealt surma."

Josh vaatas mulle ülevalt alla otsa, tema ilme oli hämmeldunud. Ma kartsin, et ta lükkab mind ära, aga tema näol ilmus imeilus naeratus.

„Kallike, sa tulid, et saata mind ära?"

Tornikell lõpetas keskpäeva löömise. Ma ootasin justkui maailmalõpu saabumist, aga Josh oli ikka elav, ma hoidsin teda mu embuses; ta oli tugev ja sama ilus nagu ta alati oli.

„Mul on nii kahju," ütlesin ma. „Ma armastan sind. Ma lihtsalt kartsin, et sa jätad mind maha kellegi parema heaks. Ma peaksin kunagi mitte kuulata oma vanemaid."

Kell minu käes hakkas helisema. Mu süda täitus hirmuga. Tornikell käis minuti võrra kiirem, aga kui *Urðr* kell lööb keskpäeva, lõppeb minu Joshiga kohtumise aeg.

Josh embas mind, tema rind värises emotsioonidest. Tema silmad helkisid eredalt ja niiskelt päikesepaistel.

„Ma arvasin, et sa ei tule."

Ta kummardus mulle lähedale, et mind suudelda, aga kui tema huuled puutusid minu huuli, lõi kell kaheteistkümnenda löögi. Josh kadus minu embusest. Ma üritasin teda haarata, meeleheitlikult temast kinni hoida, üritades viimast hingetõmmet hoida, aga teda polnud enam seal, sest et ma olin temaga minevikus aga nüüd olen sattunud ma olevikusse. Inimesed kadusid. Linnapea kadus. Kaks bussid kadusid, need bussid, mis peaksid viima teda lennukile selleks, et toimetada teda võõrasse riiki, kus ta peaks hukkuma kellegi teise sõjas. Nüüd ma seisin väljakul üksi, minu käed olid väljasirutatud ja ma hoidsin embuses kummitust, sest et Josh oli peaaegu kuus nädalat surnud.

Ma viskasin pead selga ning röökisin, sest et midagi polnud muutunud. Ainus, mida ma olin teinud – ma jätsin temaga hüvasti.

Ma astusin trepisastmetele, mis viisid politseijaoskonda ja istusin seal maha, et nutta. Üks paar kõndis minust naerdes mööda, naine kandis lühikest valget kleiti oma talvemantli all ja mees kandis ülikonda, nähtavasti nad tulid Linnahalli abielu sõlmimiseks.

Üks politseinik kõndis mööda ja küsis, kas mul on kõik korras. Ma valetasin ja ütlesin talle, et ma libisesin jää peal, sest hetkel tänaval polnud enam see suurepärane kevadpäev, kui ma peitsin end ühikasse nagu argpüks. Ei. Nüüd tänaval oli tervelt aasta hiljem olev päev, sellel päeval Josh peaks tulla tagasi koju juhul, kui ta poleks juba hukkunud.

Politseinik aitas mul tõsta jalale, ta hoiatas mind ja ütles, et peaks olema ettevaatlik kiilasjääl kõndimisel. Ma heitsin pilgu tornikellale, mis näitas nüüd 5:25. Ma lubasin kellassepale, et ma jõuan tagasi enne *Urðr* lähtestamist. Nüüd mul peaks vähemalt tooma seda kellassepale tagasi ja võtta Joshi kella.

Minu pea ja õlad olid norgu lasknud, ma lonkisin mööda Merrimack Tänavat, teades kindlasti, et *sellel* ajal Alam-Pawtucketi Kanali Sild ei takista minu teed.

Peatükk 6

Ma liikusin ühe kvartali üles, et tuua ära oma seljakott, aga see oli ammu kadunud – eemaldatud täna aasta tagasi. Ma vaatasin igatsusega linnaliini bussi kui see veeres bussipeatusesse, selle aknad olid valgustatud, tuues endaga lootust minu ühikatoa soojusest ja mugavusest, aga mul oli vaja tagastada kella, mul tuleks täita oma lubadust.

Ma peatusin Alam-Pawtucketi Kanali Sillal ja vaatasin alla tumedasse, jäisesse vette, mis ruttas, et Concordi Jõega ühineda. Korraks mõtlesin vette hüppamise peale, aga see oleks olnud liiga lihtne viis, et lõpetada minu valu. Josh seda ei tahaks. Kui sild ei oleks aasta tagasi blokeeritud olnud, kas ma saaksin jõuda kohale õigeaegselt, et seletada talle, miks ta ei tohi mööda mägiteed minna? Mis siis, kui ma poleks teda maha jätnud päev enne tema ära sõitmist? Kas ma oleksin temaga sel päeval abiellunud, mis minu oli minu arvates see, mida ta tahtis? Isegi kui ma oleksin temaga abiellunud, kas see võiks midagi muuta?

Jää libises mööda, püüdes tuhmuva päikeseloojangu viimaseid kiiri.

Ei. Mitte miski poleks muutunud. Ma olin armunud sõjaväelisse ja kui teda kutsuti, oli Josh vabatahtlikult surnud oma riigi kaitseks. Ainus asi, mis võiks olla teisiti on see, et Josh oleks mulle kirjutanud igal päeval, nagu siis kui ta seda tegi baaskursusel ja tõenäoliselt oleks ta mulle näidanud, et nagu tema iidolil Jack Kerouac'il, oli temal poeedi hing ka. Ma oleks ikka olnud üksik ja kurb ja jumal teab, et ma oleksin teda täpselt sama palju igatsenud. Mu vanemad oleksid mulle öelnud, *'kas näed, sa oled oma elu ära visanud,'* aga kas see oleks tõsi? Kui ükski teine mees ei suudaks kunagi temaga samaväärne olla?

„Vähemalt sain teda viimast korda emmata," ütlesin jäisele veele. „Ja selle eest, ilmselt peaksin ma tänulik olema."

Minu hingetõmme oli täis udu kui ma lonkisin tagasi juveelipoe poole, ikka külmetades, aga mitte nii väga kui siia varem tulles.

Lowell muutub eriliseks kohaks kui õhtuajal ettevõtted sulguvad ja tänavad muutuvad vaikseks, eriti talvel kui ainult kodutud ja pätid jäävad tänavale. See on ilus linn, kus on ühinenud pikad mitmesugused jõed ja kanalid, aga peale tekstiilivabrikute ära kolimist, muutus see ka suhteliselt vaeseks. Ma olen alati seda linna vältinud, ma peitsin end ülikoolilinnaku ohutusse.

Pikad vajud varitsesid pahaendeliselt ukseavadest. Pruuni paberkotiga vana mees hüüdis mulle järgi ja küsis kas mul on raha annetamiseks. Kaks pätid kõndisid mööda ja vilistasid ning tegid väljakutsuvaid märkusi minu suunas, mõlemad kandsid samu gängivärve nagu noorukad keda olen täna varem nänud. Või oli see eelmine aasta? Alles eile oleks iga selline asi mind joostes tagasi ühikasse ajanud, kuid täna mul oli soov tähistada päeva kui Josh oleks tagasi koju tulnud, see soov sundis mind tooma oma kella parandusse ja oma hirmust lõplikult üle saama.

Kapuutsiga mees seisis Vaskkatla baari ees ja minu tee peal, vahtides ja samal ajal pahvides filtrita sigaretti. Ta haisis õlu järele, kuigi oli alles varaõhtu. Ta tegi suitsuringe.

„Hei, kullake-", ütles ta end kubemest haarates. „Kas vajad tuld?"

„Tõmba tagasi-", sisisesin ma oma õlgu laiemaks surudes, et paista suuremana, nagu Josh mulle õpetas. „Või ma löön sind munadesse."

Ma jõllitasin teda kuni ta astus kõrvale ja lasi mul mööduda. Ma liikusin edasi, valmisolekus teda lööma kui ta oleks üritanud mu kätt haarata. Viimaks jõudsin ma graatsilise telliskivist hoone juurde, millel olid kuldsed tähed, mis andsid tunnistust, et see reliikvia kuulub lahkema, viisakama ajastule. Kardinad olid ette tõmmatud ja silt andis teada, et see oli juba suletud, aga kaugemal sees nägin ma tagaruumis valgust.

Ma koputasin, lootuses, et ma pole hiljaks jäänud. Vähemalt oli mul vaja *Urðr* tagastada. Kas see oli kõik uni? Tõenäoliselt, selle möödunud aega kohta. Mul oli ainus küsimus, millises aastas ma uinunud olin.

Siluett liikus juveelipoes paistva valguse eest läbi. Hetk hiljem avanes uks ja mu ees seisis kellassepp, ta kandis kummalisi prille ja tal olid mitu paare monokleid, mis tiksusid samaaegselt.

„Ahaa, preili, sa tulid siia tagasi," ütles ta. „Ma teadsin, et sa tuled tagasi. Ma palusin oma tütart, et ta tuleks mulle järgi hiljem. Sa oled täna juba teine klient, kes küsib sellist erilist võimalust."

„Kas te ei kartnud, et ma põgenen ja selle kella tagasi ei vii?"

„Oh ei," ütles ta. „Kellad hoolitsevad ise enda saatuse eest. Mina lihtsalt hoian neid heas töökorras."

Ma astusin ruumi sisse, hõõrudes oma käsi. Mu seljakott oli ammu kadunud, samuti ka...

„Sõrmused..."

Oh, ei! Joshi sõrmused olid minu seljakotis! Selles, mille ma viskasin maha teises ajas!

„Sinu asjad on siin—" ta osutas klaasist kaantega letile. „Sa ei tohi midagi maha jätta, seetõttu kui inimesed jätavad midagi maha, jõuavad need asjad tihtipeale siia."

„Alati?" küsisin ma.

„Ainult mõnikord." Tema sinised silmad läikisid. „Saatusele ei meeldi, et noored preilid oma õpperaamatuid kaotavad."

Ma andsin talle *Urðr* ja ta vaarus edasi, et asetada seda ettevaatlikult klaasist kaane alla. Kõik kolm kellad helendasid sisemise helendusega. Ma kahtlen, et kvartskristallid andsid neile seda helendust, nähtavasti see oli mingi muu maagia, mis on seotud nende võimega ajas liikuda.

„Mida te nendega pärast oma töö lõpetamist teete?" küsisin ma.

„Nad leiavad kellegi uue, kes nende eest hoolitseb," ütles ta. „Nad on väga valivad selle suhtes, keda nad aitavad ja veelgi valivamad selle suhtes, kes hoolitseb nende eest päevast päeva."

„Kas te ei saaks kasutada neid selleks, et end surematuks teha?"

„Miks ma peaksin seda tahtma?" Ta viipas poe poole, kus toimus lõpumüük. „Ma olen elanud juba palju aastaid ning ei kahetse, selles elus või järgmises, olen ma alati koos oma perega."

Pisarad valgusid mu silmadesse, aga need ei olnud leinapisarad, mul oli mingi muu tunne, võibolla lihtsalt kergendustunne.

„Kas ma saan teda uuesti näha?" küsisin ma.

„Kas sa said kogu asju korda ajada?"

„Jah," ütlesin ma. „Vähemalt ma *arvan*, et sain."

„Siis näed sa teda uuesti," ütles ta. „Sest ta pidas sinust väga lugu. Ta kirjutas sellest igas kirjas, mida ta saatis koos maksega."

Ta võttis välja pundi kirju, mis olid kummipaelaga kokku seotud. Selle kõrval oli minu kell, hallil velvetisel alusel.

„Kas te saite selle korda teha?"

„Jah—" ütles ta ja asetas kella mulle randmele. „On kummaline asi, et mõnikord väike mustus põhjustab hammasrataste seiskamist, aga peale selle eemaldamist, töötab kell suurepäraselt."

Kell tiksus minu randmel, selle tiksumine rahustas mind. Osutid ei olnud enam kinni 3:57 peal, vaid liikusid edasi ja nüüd näitasid 6:08.

„Tänan," ütlesin ma.

Ukselt kostis koputus. Kellassepp vaatas üles ja naeratas.

„Ahaa..., see on minu viimane klient." Ta osutas uksele. „Kas sa saaksid avada ust?"

Ma keerasin ukse lukku lahti ning tõmbasin ust sissepoole. Minu ees seisis kena, tumedanahaline mees, kes kandis kamuflaaž jakki ja teksasid. Tema nägu oli väsinud, kuid silmades oli sama entusiastlik pilk ja sära.

„Josh?"

Ma pilgutasin silmi ja näpistasin end, olles kindel, et see ei saa tõsi olla. Ja siis viskusin temale embusse.

„Josh!!!"

Ma embasin teda ja nutsin ning seejärel suudlesin teda. Seejärel ma nutsin ja embasin teda veelkord kuni tema kamuflaaž jakk muutus märjaks.

„Mis juhtus, kallike?" Josh hoidis mind. „Kas juhtus midagi halba?"

„Ei, ei, kõik on hästi!" ma nuuksusin. "Ma lihtsalt... Ma arvasin, et olen sind kaotanud."

„Ma lihtsalt kulutasin mõne aega, et parkimiskohta leida," ütles Josh. „Ma pole nii kaua tavaautoga sõitnud, mistõttu pidin kulutada palju aega selleks, et autot lumehange äärde paigutada. Arvan, et pidin autojuhtimist uuesti õppida, ilmselt mitte vähem kui kuue nädala jooksul."

Ta vaatas mu randmele.

„Kas ta sai seda parandada?"

„Parandada?"

„Sinu kella," ütles Josh. „Sa palusid mul end siia tuua, et vahetada patareid enne kui pood sulgub."

Ma vaatasin kellassepale otsa, ta seisis rahuloleva ilmega. Kuidas ta suudab mäletada kahte erinevat ajajoont, kuid mina mäletan ainult üht?

„Ma... jah," ütlesin ma. „Kell on garantii alla."

Josh astus edasi, et suruda kellassepa kätt. See polnud lihtsalt tavaline käepigistus, see oli pigem nagu sõjaväelaste käepigistus.

„Härra Martyn, Söör. On tore teid taaskord näha."

„Ma hoidsin seda sinu jaoks. Just nagu sa kirjutasid," ütles kellassepp. „Arvan, et sa oled rõõmus, sest et oled tulnud tagasi koju?"

Ta asetas väikese musta velvetise karbi Joshi kätte ja andis silmapilgutusega märku. Josh libistas karbi enda taskusse.

„Tänan teid, et hoidsite seda minu jaoks, Söör," ütles Josh.

„Tänu *sulle*," ütles kellassepp, „et andsid sellele loole õnneliku lõpu."

Josh haaras mu käest ning viis mind poest välja.

„Kas sinuga on kõik korras, kallike? Sa näed välja nagu oled kummitust näinud."

Ma panin oma käed tema kaela ümber ning tõmbasin ta pead alla, et teda suudelda. Pärast suudlemist, kõndisime me aeglaselt mööda hämaraid tänavaid tema ema laenatud auto poole. Kui Josh oli mu kõrval, oli see linn väga meeldiv ning täis võlu. Tema käsi oli soe ja tugev ning ehtne, justkui kõik mis oli juhtunud oleks vaid uni.

„Mul on vaja küsida," ütlesin ma lõpuks. „Kui sa olid Afganistanis, kas sa läksid mööda mägiteed Paktikasse?"

Joshi nägu muutus süngeks ja silmad muutusid tumedaks ja murelikuks ning hetkeks tundus mulle justkui minu mälus on kahte ajajoonte mälestused, üks neist oli mälestus, et Josh hukkus ja teine oli mälestus, et ta oli mulle kirjutanud, et teda lahinguülesandeks oli Talibani võitlejate hävitamine, kuid nendel olid poiss-sõdurid vanusega vähem kui kolmteist aastat.

„Ma ei tea, mis ajendas mind saatma ühte sõduri mäeaheliku peale," ütles Josh, „aga see päästis meie elusid. Talibani võitlejad ootasid meid, et meid varitseda. Kui see sõdur poleks meid hoiatanud, poleks meil võimalik kutsuda õhuväkke ja õhurünnakut korraldada ning kõik sõdurid minu üksuses oleks tapnud."

Mitte kõik sõdurid. Ainult sina...

„Ma ütlesin, et sa ei läheks mööda mägiteed," ütlesin ma.

„Ütlesid, jah," Joshi ilme muutus üllatunuks, „aga siis ma kirjutasin sulle sellest hiljem ja küsisin sind, miks sa olid nii kurb mu ära sõitmise päeval, aga sa vastasid, et sa ei mäleta, et sa oleksid midagi sarnast öelnud. Ma olin selle täiesti unustanud, kuni hetkeni kui me hakkasime mägiteele minema."

Josh... kirjutas mulle? Ja mina... kirjutasin temale? Mida me kirjutasime teineteisele selle aasta jooksul, ajal kui ta seal oli? Ja kuidas ma sain peita fakti, et ma ei olnud talle toeks kohe algusest, vaid alles siis kui Saatus minule halastas ja lubas mul uuesti proovida?

Mitte minule... *temale*. Saatus sekkus meie ellu *tema* nimel.

„Ma loodan, et oled minu kirju alles hoidnud?"

„Muidugi, ma hoidsin," ütles Josh. Kõiki 365 kirju.

Ta naeratas imeilusalt kui avas sõitjapoolset ust, et mind sisse lasta ja ma sain aru, et see teine võimalus temaga olla on tõeline kingitus. Ta istus rooli taha ja veendus, et ma olen turvavöö juba kinnitanud enne kui ta käivitas mootorit. Ma panin oma kätt tema käe sisse, tahtmata lahti lasta.

„Kuhu me nüüd läheme?" küsisin ma.

Josh kobas oma taskus. Ma teadsin kuhu ta minna tahab. Meie lemmikusse restorani, kus ta annab mulle sõrmuse ja palub minu kätt. Ta täidab minu pea suurest juunikuu pulmast unistustega... kui mind ei hirmuta abielu mehega, kelle järgmised viis aastat kuuluvad armeeteenistusele. Ta suhtub kannatlikult kõikide minu hirmudesse, sest ta on juba korra mulle andeks andnud ja ta armastas mind piisavalt, et oodata kuni ma lõpetan ülikooli.

Aga ma ei olnud enam argpüks...

Minu kell lõi kuus-kolmkümmend.

„Linnahall on avatud kuni 7:00 Neljapäeviti," ütlesin ma, „ja ametnik on ka veteran. Ma mõtlesin, et ehk tahad kohe minna ja teha seda täna?"

„Seda?" küsis Josh, tal oli imestunud ilme.

„Abielluda?" Mu hääl oli täis lootust.

Josh haaras mind embusse, tema hääl oli täis nuuksumist ja naeru, ta ütles, „Jah".

~LÕPP~

„Nornid" Autor: H.L.M

Nornid

Põhjamaade rahvad uskusid, et saatust valitsevad kolm *Jotun'it* (hiiglannat), kes juhtisid jumalate ja inimeste saatust. Need *Nornid* elasid Urdi kaevuses Yggdrasili - suure maailmapuu all ja neid seostati tihti *Valküüridega*. Nad kontrollivad saatust graveerides puu tüvesse ruune või hilisemate versioonide kohaselt, saatust kangasse kududes.

Urðr, vanim hiiglanna, kontrollib minevikku. Tema nimi tähendab „Mis kord oli."

Verðandi, keskmine hiiglanna, kontrollib olevikku. Tema nimi tähendab „Võibolla Juhtub" või „Mis On Juhtumas"

Skuld, kolmest noorim hiiglanna, kontrollib „vajadust", mis, põhjamaade traditsiooni kohaselt, ei tähenda „tulevikku". Tema nimi tähendab „Võlg" või „Mis Saab Olema".

Põhjamaade rahvad uskusid, et vajadus, mitte saatus, vormib tulevikku ning aeg ei ole muutmatu vaid on mõnikord muudetav maagia või tahtejõu abil.

Üks hetk teie aega, palun...

Kas teile meeldis seda raamatut lugeda? Kui nii, siis oleksin väga tänulik kui te jätaksite oma arvamus. Ilma suure kirjastuse reklaamieelarveta, ei teeni enamik väikeste eelarvega raamatuid kirjastamise kulusid tagasi kui lugejad ei jäta oma arvamusi.

Tänan teid!

Liituge minu lugejate grupiga

Kui soovite saada uudiseid uute väljaannete kohta, miks mitte tellida minu UUDISKIRJA. Ma luban, et uudiskiri on huvitav, ma ei saada teile rämpsposti ja hoian teie isikliku informatsiooni privaatsena.

ABONT SIIN:
https://wp.me/P2k4dY-17R

Autorist

Anna Erishkigal on advokaat, kes kirjutab ilukirjandusteoseid kirjanime alt, et tema kolleegid ei arvaks, et tema koostatud kohtuhagid on samuti ilukirjandus. Enamus juurast, tuleb välja, ongi ilukirjandus. Juristidele meeldib seda lihtsalt teisiti nimetada, nad nimetavad seda nii: "innukalt esindada oma klienti".

Elu pahupoole nägemine põhjustab huvitavate väljamõeldud tegelaste ilmumist. Selliste tegelaste, keda tahaks kas vangi saata või joosta koju ja nendest kirjutada. Ilukirjanduses on võimalik fakte muuta ilma tõe pärast erilist muret tundmata. Kohtuvaidlustes, kui su klient valetab sulle, näed sa kohtuniku ees lihtsalt rumal välja.

Vähemalt ilukirjanduses, kui tegelased muutuvad tülikaks, saab tappa neid alati ära.

Teised raamatud

Kellassepp: Novell

Varsti tulemas!
Gooti Jõuluingel

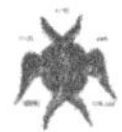

Veel eesti raamatuid:
https://wp.me/P5T1EY-DP